à Mr Natalis de Wailly

de l'académie des Inscriptions & Belles lettres

hommage de l'auteur

OBSERVATIONS

PRÉSÉNTÉES A LA COMMISSION

DE LA

PROPRIÉTÉ LITTÉRAIRE

ET ARTISTIQUE,

PAR

AMBROISE FIRMIN DIDOT,

MEMBRE DE LA COMMISSION.

⬥⬥⬥

PARIS,

TYPOGRAPHIE D'AMBROISE FIRMIN DIDOT,

IMPRIMEUR DE L'INSTITUT DE FRANCE,

RUE JACOB, 56.

3 février 1862.

OBSERVATIONS

PRÉSENTÉES A LA COMMISSION

DE LA

PROPRIÉTÉ LITTÉRAIRE

ET ARTISTIQUE,

PAR

AMBROISE FIRMIN DIDOT,

Imprimeur de l'Institut de France.

Après les longues et savantes discussions qui se sont multipliées depuis près d'un demi-siècle sur la question de la propriété littéraire; après le brillant exposé où M. le Ministre d'État a si bien résumé tout ce qu'offre de plus important cette question controversée et qui tient en suspens les meilleurs esprits, chacun est tenu d'apporter le résultat de son expérience et de ses réflexions pour hâter une solution qui puisse concilier dans une juste mesure les divers intérêts en présence.

J'examinerai brièvement la question sous ces trois points de vue :

Propriété limitée,

Propriété perpétuelle monopolisée au profit des familles,

Propriété perpétuelle combinée avec la libre concurrence.

I.

PROPRIÉTÉ LIMITÉE.

Jusqu'à présent, c'est le système de la propriété limitée qui a prévalu dans tous les pays. Ce système a pour lui la consécration de l'expérience et de la pratique universelle.

La durée de la protection accordée aux œuvres littéraires varie dans les différents États et pour la durée et pour le point de départ.

1° SYSTÈME AYANT POUR BASE LA VIE DE L'AUTEUR.

La vie de l'auteur. . . .	La Suisse (avec minimum de trente ans de jouissance), — la Turquie.
5 ans après la mort de l'auteur.	Le Chili.
7 ans	L'Angleterre (avec minimum de quarante-deux ans de jouissance).
10 ans.	Le Brésil, — le Mexique.
12 ans.	Les États Romains.
14 ans.	Le Venezuela.
15 ans.	La Sardaigne.
20 ans.	La Belgique, — les Pays-Bas, — la Suède.
30 ans.	La France, — l'Autriche, — le Danemark, — les Deux-Siciles, — le Portugal, — la Prusse, — trente États allemands.
50 ans.	L'Espagne (réduits à vingt-cinq ans pour certains ouvrages); — la Russie.

2° SYSTÈME AYANT POUR BASE LA DATE DE LA PREMIÈRE PUBLICATION.

15 *ans de la 1re publication.*   La Grèce.

28 *ans*. . . . .   Les États-Unis (avec prolongation à quarante-deux ans, en cas de survie de l'auteur, de la veuve ou des enfants).

30 *ans*. . . . .   La Suisse (sans être moindre que la vie de l'auteur).

42 *ans*. . . . .   L'Angleterre (sans être moindre de sept ans après la mort de l'auteur).

La loi française qui, jusqu'au 8 avril 1854, restituait au domaine public la jouissance des écrits des auteurs vingt ans après leur mort, nous paraissait concilier l'intérêt bien entendu du créateur de l'œuvre avec l'intérêt public. Elle nous semblait fondée en équité, puisque la possession de l'écrivain ayant été protégée par l'État à titre gratuit, c'est-à-dire sans être grevée d'aucune charge ou frappée d'aucun impôt, contrairement à toute autre nature de propriété, cette possession avait de plus obtenu l'insigne faveur d'être reconnue dans les pays étrangers où les droits de nos écrivains sont respectés. Il était donc juste et naturel qu'en reconnaissance de ce service, l'État pût faire jouir, à un moment donné, le public de la libre possession des œuvres de la pensée ainsi sauvegardées entre les mains de leurs auteurs et de leurs héritiers.

Ce terme de vingt années, fixé jusqu'alors par la loi française, nous paraissait, dans l'intérêt même de la réputation de l'auteur, l'époque la plus éloignée que l'on dût concéder. En effet, l'expérience a prouvé que, dans un grand nombre de circonstances, les entraves apportées par la famille à la reproduction d'œuvres importantes avaient porté un coup funeste à la réputation de l'écrivain demeuré sous le séquestre.

Si on laisse s'éteindre les souvenirs, qui pourrait affirmer qu'au bout d'un laps de temps trop considérable on parvienne à galvaniser une renommée évanouie? Beaucoup de publications ont dû leur succès au bonheur avec lequel on avait saisi le moment opportun de les reproduire; mais pour beaucoup d'autres on a pu dire : *Il est trop tard!* Parmi le grand nombre d'exemples qui se sont présentés dans le cours de notre carrière commerciale et littéraire, nous nous bornerons à deux faits.

Ayant à faire un choix parmi les meilleures tragédies pour composer une collection de pièces de théâtre du second ordre, où figurait le *Saint Genest*, de Rotrou, et jusqu'au *Warwick* de la Harpe, nous songions à y adjoindre les *Templiers* de M. Raynouard. Son héritier refusa nos propositions, prétendant que son intention était de publier plus tard les œuvres complètes de l'auteur. Qu'en résulta-t-il? Comme M. Raynouard était mort sans enfants, au bout de dix ans ses ouvrages tombèrent dans le domaine public. Depuis, quand nous avons réimprimé notre recueil, nous avons négligé d'y faire entrer cette tragédie, tombée dans le domaine public, et personne n'a songé à la réimprimer. Lors du décès de M. Andrieux, ce charmant esprit, véritable héritier de Voltaire, selon l'expression de M. Villemain, sa propriété littéraire resta indivise entre les mains de deux héritiers. Par suite de quelques obstacles résultant de cette situation même, elle ne put être réunie en œuvre complète, comme nous l'eussions vivement désiré. Depuis qu'elle est tombée dans le domaine public, le mouvement d'affection et d'enthousiasme qui rayonnait autour de l'écrivain s'est successivement éteint, et la génération actuelle reste privée de ces productions qui avaient charmé notre jeunesse.

A ce point de vue de l'opportunité, souvent mal appréciée par l'intérêt particulier des héritiers et quelquefois même négligée par les cessionnaires de l'auteur, le terme que le congrès de Bruxelles, en 1858, et le congrès d'Anvers de 1861 avaient étendu jusqu'à cinquante années, serait nécessairement fatal à un grand nombre d'écrits estimables que la libre concurrence aurait sauvés de l'oubli.

Des exemples frappants, cités par M. Hetzel, prouvent que des ouvrages dont le succès avait été très-médiocre du vivant de leurs auteurs et sous le régime du monopole, ont pris un essor considérable une fois tombés dans le domaine public.

Le principe de la limitation de la durée est-il conforme à l'intérêt social? Oui. On ne saurait contester que le public a tout à gagner à voir les auteurs qu'il aime mis à sa portée par la concurrence, multipliés sous toutes les formes, exemptés des redevances résultant du monopole. En ce sens on peut dire que, le privilége étant une gêne pour le public, moins il devra durer et plus le consommateur, s'il est permis d'employer cette expression, devra se montrer satisfait.

Cette limitation est-elle équitable? est-elle fondée en raison? Rencontre-t-elle des analogues dans d'autres ordres de productions? Certes, si l'on considère la part bien autrement restreinte accordée aux plus belles inventions dans le domaine des arts et des sciences, on verra que la propriété littéraire est singulièrement privilégiée. On n'accorde aux inventeurs, c'est-à-dire à ceux qui dotent la société d'une chose entièrement nouvelle, qu'un monopole de quinze années, moyennant 1,500 francs qu'ils devront payer par annuités. La protection que le gouvernement donne aux œuvres littéraires est toute gratuite, et cette protection gratuite les suit jusque dans les pays étrangers, tandis que le brevet est frappé d'impuissance au delà de la frontière, à moins d'immenses sacrifices pécuniaires pour l'obtention de brevets étrangers. Un livre fait souvent son succès dès son apparition, plusieurs éditions se succèdent en peu d'années; l'invention n'arrive le plus souvent à devenir rémunératrice que dans les dernières années du brevet.

D'où vient qu'on a imposé à la propriété industrielle de l'inventeur de si cruelles restrictions? C'est qu'on a reconnu que le monopole exclusif accordé aux auteurs d'inventions rendues indispensables par la marche du progrès mettrait en péril les intérêts matériels de la société, et qu'il y a danger à laisser un intérêt privé maîtriser la consommation d'objets devenus en quelque sorte une nécessité. Qu'arriverait-il, en effet, si la concurrence demeurait à jamais interdite pour l'exploitation de tant d'admirables et précieuses inventions ou découvertes qui signalent notre époque, telles que la lithotritie, le sulfate de quinine, le sulfate de soude, l'iode, le chloroforme, la stéarine, le caoutchouc, la turbine, la lampe modérateur, l'éclairage au gaz, la stéréotypie, la machine à imprimer, la machine à fabriquer le papier continu, la télégraphie électrique, la photographie, enfin la vapeur et ses innombrables applications? Le monopole appliqué aux chefs-d'œuvre de notre littérature produirait des effets analogues dans l'ordre moral; les entraves tendraient peu à peu à faire disparaître de la circulation les meilleurs ouvrages.

L'intérêt des lettres et de la civilisation veut que les livres soient mis à la portée du public au plus bas prix possible. Les écrivains eux-mêmes, en reconnaissance de l'avantage dont ils ont joui en se procurant à des prix minimes les classiques grecs, latins, français et étrangers, doivent désirer que leurs livres ne soient jamais placés, par l'élévation du prix, dans une catégorie exceptionnelle, afin qu'on ne soit pas tenté de leur appliquer ce qu'au temps de Théocrite on répondait aux poëtes contemporains qui sollicitaient des secours :

> . . . . Le ciel assiste les poëtes !
> Qu'importe des neuf Sœurs les divins interprètes?
> Homère seul suffit : c'est lui qui chante bien;
> C'est le plus grand poëte : *il ne demande rien* [1] *!*

Grâce à la protection accordée aux lettres, protection que multiplient les traités internationaux, et qui excède quatre fois la durée dont jouissent les propriétés industrielles, le terme de vingt années concédé aux héritiers directs nous semblait être une équitable compensation de ces faveurs exceptionnelles, et protéger la réputation des auteurs tout en livrant à la libre concurrence la propagation de leurs écrits.

II.

PROPRIÉTÉ PERPÉTUELLE MONOPOLISÉE EN FAVEUR DES FAMILLES.

Le principe de la propriété perpétuelle, relégué longtemps parmi les utopies, combattu par des esprits éminents et amis des lettres, rejeté après une discussion approfondie par le congrès de la propriété littéraire et artistique de Bruxelles et reconnu inapplicable par les précédentes commissions législatives, ce principe, qui

---

[1] . . . . Θεοὶ τιμῶσιν ἀοιδώς·
. . . . ἅλις πάντεσσιν Ὅμηρος·
οὗτος ἀοιδῶν λῷστος, ὃς ἐξ ἐμεῦ οἴσεται οὐδέν.

semblait définitivement écarté du champ de la discussion, a repris tout récemment une vitalité nouvelle.

Mais, en voulant assimiler complétement la propriété littéraire aux autres propriétés de l'ordre matériel, on a compromis sa cause. Cette propriété, toute spirituelle de sa nature, n'est pas moins digne de respect, sans aucun doute, que toute autre ; mais il aurait fallu reconnaître qu'elle ne saurait être régie par les mêmes lois que les propriétés matérielles, ni par les lois qui régissent notre société.

La réputation des auteurs, la propagation de leurs écrits, l'intérêt qu'on porte aux descendants d'ancêtres glorieux, sont des conditions toutes particulières, dont il faut avant tout tenir compte. Pour que la propriété littéraire se transmette avec certitude, pour qu'elle offre un profit réel à la famille, il faudrait l'établir en majorat avec droit d'aînesse : autrement, comme l'a dit si justement l'empereur Napoléon Ier au conseil d'État, en 1810, « cette propriété, divi- « sée en une multitude d'individus, par le cours des suc- « cessions, finirait en quelque sorte par n'exister pour « personne ; et comment un grand nombre de propriétai- « res, souvent éloignés les uns des autres, et qui, après « plusieurs générations, se connaissent à peine, pourraient- « ils s'entendre pour réimprimer les œuvres de leur auteur « commun...? Les meilleurs livres disparaîtraient de la « circulation. »

En effet, si on reconnaît qu'à raison de trois générations par siècle et de deux enfants par génération, on aurait eu, au bout de deux siècles, soixante-quatre cohéritiers, cinq cent douze au bout de trois siècles, et quatre mille quatre-vingt-seize au bout de quatre siècles, nombre qui doublerait et triplerait si l'ouvrage fait en collaboration portait sur le titre deux ou trois noms de co-auteurs, on peut juger du nombre de licitations, de litiges, d'oppositions qui surviendraient nécessairement ! Il faudrait donc, de toute nécessité, revenir à l'institution des majorats.

D'un autre côté, l'intérêt qui s'attache aux descendants des grands hommes et l'obligation de leur conserver intact le patrimoine créé par des écrits célèbres, rendrait indispensable l'interdiction d'aliéner à jamais. Autrement on verrait la Fontaine, insoucieux du présent et même de l'avenir,

> Mangeant son fonds avec son revenu,

aliéner à Barbin la propriété de ses Fables pour une somme minime ; dès lors l'intérêt des familles se trouverait éludé, et ce seraient les héritiers de Barbin ou leurs cessionnaires souvent inconnus, et non plus les descendants de la Fontaine ou de Corneille, qui exploiteraient éternellement à leur profit ces immeubles littéraires [1]. L'État, dans ce cas, se trouverait exposé de nouveau aux réclamations que pourraient lui adresser, au nom des lettres et de la gloire de la France, les descendants de Corneille, retombés dans l'indigence.

La propriété littéraire a si bien été considérée comme d'une essence spirituelle par toutes les législations, que, contrairement à la propriété ordinaire, elle a été exempte partout et toujours de la contribution de l'impôt qui pèse sur les propriétés matérielles.

L'intérêt du public et des lettres, et l'intérêt de la réputation même des auteurs exigeant que leurs écrits ne soient

---

[1] C'est ce que M. Villemain disait avec juste raison dans l'Exposé des motifs du projet de loi de 1841.

« Le droit de l'auteur ne peut être rendu perpétuel à moins d'être en même temps protégé par un système de substitutions et de priviléges incessibles, tout à fait contraire à nos lois ; autrement ce droit deviendrait illusoire pour la famille de l'auteur et ne servirait à la longue qu'au monopole des spéculations privées ; sous ce rapport, la perpétuité en matière de propriété littéraire irait contre les intérêts les plus élevés de l'auteur, par les chances qu'elle offrirait, dans l'avenir, pour supprimer la publicité de son ouvrage. »

point abandonnés aux caprices et aux opinions divergentes d'héritiers qui pourraient les supprimer ou les mutiler, l'expropriation, pour cause d'utilité publique, mesure applicable seulement aux immeubles et aux établissements insalubres, devrait s'étendre aussi aux propriétés littéraires.

Enfin la propriété littéraire diffère tellement des autres propriétés de l'ordre matériel, que, tandis que celles-ci peuvent être changées, modifiées, améliorées au gré des successeurs, suivant les circonstances et les nécessités du temps, celle-là doit rester immuable : les textes laissés par leurs auteurs doivent être conservés dans leur intégrité.

On le voit, la propriété littéraire est une propriété *sui generis*, à laquelle la législation ordinaire ne saurait être applicable.

III.

PROPRIÉTÉ PERPÉTUELLE COMBINÉE AVEC LA LIBRE CONCURRENCE.

Dans un écrit fort remarquable récemment publié sous ce titre : *La propriété et le domaine public payant*, M. Hetzel présente un système qui paraît pouvoir concilier l'intérêt public avec celui des auteurs, puisqu'en propageant le plus promptement possible leurs œuvres au moyen de la libre concurrence, il en conserve le revenu *à perpétuité* aux héritiers et ayants droit. Ce système, qui donne satisfaction aux réclamations des partisans de la perpétuité de la propriété littéraire, offre de plus la possibilité d'en simplifier l'exécution.

Suivant ce projet, l'auteur de tout écrit dont la publication a été constatée légalement, conserve, sa vie durant, le droit d'en disposer comme bon lui semble. Mais, cinq ans après sa mort, qu'il ait des héritiers directs ou non, son livre tombe dans le domaine public, sauf une redevance (à fixer ultérieurement) attribuée à ses héritiers, collatéraux ou ayants cause jusqu'au degré successible; ce qui assimilerait tout ouvrage, sauf la redevance, aux œuvres tombées dans le domaine public, que chacun peut reproduire au nombre et dans les formats qu'il lui convient d'adopter.

Un bureau central et spécial serait institué à Paris pour le fonctionnement du système de ce nouveau domaine public grevé de la redevance. Tout éditeur qui voudrait, soit à Paris, soit en France, soit en pays étranger [1], réimprimer un ouvrage ferait la déclaration du nombre d'exemplaires qu'il se proposerait de tirer et acquitterait la totalité de la redevance. Cette redevance, établie d'une manière fixe *sur le prix fort*, ne devrait pas, dans l'opinion de M. Hetzel, dépasser 2 à 3 pour cent de ce prix; elle lui paraît, sur cette base, convenablement rémunératrice. En effet, si le livre est de nature à avoir un grand débit, alors la multiplicité des éditions, qui pourront d'ailleurs se produire simultanément, procurerait une somme considérable, quelque minime que soit la redevance; si, par contre, le livre est d'une vente difficile, la modicité de la redevance ne découragerait pas les éditeurs tentés de le reproduire.

Ainsi tout ouvrage se trouverait, peu de temps après la mort de son auteur, rangé dans le domaine public, sauf redevance perpétuelle.

Mais le terme de cinq ans, convenable pour les œuvres littéraires le plus à la portée du public, et dont le débit est facile, serait trop court pour de grandes publications qui ont exigé des frais considérables de temps et de capitaux, et dont le débit est lent, en raison même de leur impor-

---

[1] Si les conditions internationales reconnaissent ce droit.

tance. Telles sont les œuvres collectives, encyclopédies, dictionnaires de sciences, biographies, etc. Pour ce genre d'ouvrages, le terme de quinze ans après la mort de l'auteur serait nécessaire, afin que les éditeurs pussent écouler leurs éditions et rentrer dans leurs avances.

Quant au *quantum* à fixer pour la redevance, on pourrait, conformément au vœu exprimé par la Société des gens de lettres, admettre comme limite la plus large le droit de CINQ pour cent prélevé sur le *prix fort* des exemplaires, pour chaque édition que voudrait faire tout éditeur.

Si l'auteur avait cédé la propriété de son œuvre, ce seraient ses cessionnaires ou leurs ayants droit jusqu'au degré successible qui bénéficieraient de la redevance.

Le droit de cession inhérent à toute propriété ne saurait faire exception pour les propriétés littéraires sans être en opposition aux principes de notre législation, sans nuire à la liberté des transactions et au droit des auteurs sur leur propriété. Parmi nos sommités littéraires, la plupart ne cèdent que des droits d'éditions, mais quelquefois la cession pleine et entière a été jugée plus favorable à leurs intérêts. Ainsi, lorsque M. Thiers entreprit d'écrire sa célèbre *Histoire du Consulat et de l'Empire*, nous tombâmes d'accord avec lui d'une somme de 3oo,ooo francs pour un tirage à 18,ooo exemplaires ; mais sur la proposition qui lui fut faite de céder la propriété pleine et entière de cet ouvrage, pour une somme de 5oo,ooo francs, il vint nous consulter sur ce que nous jugerions être le plus avantageux pour ses intérêts dans ces deux propositions. C'était un conseil d'ami qu'il nous demandait, et nous n'hésitâmes pas à lui conseiller, comme plus avantageuse, la cession à perpétuité pour la somme bien garantie de 5oo,ooo francs.

Malgré quelques difficultés d'exécution, ce système, qui accorderait aux auteurs la *perpétuité de la propriété qu'ils réclament*, nous paraît concilier tous les intérêts, puisqu'il faciliterait la propagation des écrits des auteurs et accroîtrait leur renommée, tout en étant profitable à leurs héritiers, successeurs et ayants droit, sans nuire au public et aux éditeurs. Les veuves et les enfants des gens de lettres, incapables le plus souvent d'administrer convenablement la propriété littéraire qui leur est échue, trouveraient dans la libre concurrence la rémunération la plus large et la plus équitable.

———

MOYENS D'EXÉCUTION.

M. Hetzel, ainsi qu'il l'annonce dans sa brochure, s'est abstenu de traiter des moyens d'exécution.

Ce sont cependant les difficultés d'exécution qui se sont opposées jusqu'à présent à la réalisation du principe de la *perpétuité de la propriété littéraire*, admis par la commission instituée en 1825, et qui a dû être abandonné comme inexécutable en pratique.

Mais on doit reconnaître que le principe de l'établissement de la redevance dont la quotité *serait la même pour tout ouvrage*, et qui serait établie sur le *prix fort* auquel chaque éditeur vendrait son édition, trancherait les plus grandes difficultés devant lesquelles on a dû reculer jusqu'à ce jour. En effet, sauf le *quantum* à fixer et les frais de perception, tout livre se trouverait dans les mêmes conditions que les autres livres du domaine public.

Comme il est un grand nombre d'écrits insignifiants, pour lesquels il ne saurait être question de redevances, et que, d'ailleurs, il est des auteurs qui n'en voudront pas jouir, le nombre des inscriptions se trouvera naturellement réduit aux écrits pour lesquels les auteurs, après la formalité du dépôt officiel, auront fait une déclaration enregistrée au Bureau de la propriété littéraire[1]. Tout ouvrage ainsi enregistré devra porter sur le titre cette mention : *Domaine privé*, pour le distinguer de ceux qui, n'ayant aucune marque, sont par cela seul du domaine public.

Du moment qu'un livre sera enregistré, il restera toujours à la disposition des éditeurs pour être réimprimé librement, sauf redevance.

Ces formalités devront être également observées par tout étranger qui aura publié pour la première fois son ouvrage en France.

Les frais de l'administration du bureau d'enregistrement de la publication littéraire seront supportés par l'État, qui plus tard pourra retrouver, par l'effet des recettes provenant des déshérences, l'équivalent de la dépense.

Comme la force des choses veut qu'après un laps de temps considérable toute succession, parvenue au degré extrême de la ligne collatérale, tombe enfin en déshérence, et que d'ailleurs, disséminé à l'infini, le revenu de la plupart des livres deviendrait insignifiant, il nous paraîtrait utile, afin d'échapper à des complications inextricables, de dire que quatre-vingt-dix-neuf ans après la mort de l'écrivain, la redevance cesserait d'être acquittée hors de la ligne masculine directe. Cependant il suffirait de la réclamation d'un seul héritier faite à cette époque, pour que le droit de propriété fût prorogé au profit du réclamant ; mais il

---

[1] L'administration de la propriété intellectuelle ainsi organisée consisterait dans : 1° l'enregistrement des ouvrages à la requête des auteurs après inscription au dépôt légal ; 2° la réception de la déclaration de décès de l'auteur ; 3° l'enregistrement des actes de cession ; 4° les déclarations de chaque réimpression ; 5° la réception de la redevance due aux auteurs pour chaque édition, dont le montant sera fixé d'après le prix fort déclaré authentiquement par l'éditeur ; 6° la remise à la Caisse des consignations des valeurs au nom des héritiers qui feront valoir leurs droits.

est à présumer qu'à cette époque reculée le nombre des demandes de cette nature sera très-limité.

Au bout de quatre-vingt-dix-neuf ans, s'il ne survenait pas d'opposition, les ouvrages seraient déclarés appartenir au domaine public.

CONCLUSION.

La législation qui fixait à vingt années après la mort de l'auteur les droits de ses héritiers, nous semblait concilier pour le mieux les intérêts du public avec les intérêts de la réputation des auteurs, bien qu'elle ait eu quelquefois à souffrir de la longueur même de ce délai.

L'abandon fait au domaine public par la famille, après ce temps écoulé, nous paraissait une juste compensation des avantages et des garanties que l'État leur avait accordés par une jouissance toute gratuite pendant cette durée de l'exercice de la propriété, sauf à l'État à protéger les héritiers, successeurs d'un nom glorieux qui aurait traversé ce temps d'épreuve.

Mais le terme actuel de trente années, et, à plus forte raison, celui de cinquante années, pendant lesquelles les écrits des auteurs seraient tenus sous le séquestre plus ou moins intelligent des héritiers ou cessionnaires, nous paraît nuisible aux intérêts de la réputation des auteurs et à ceux du public.

Dans cet état de choses, nous croyons qu'il serait préférable de reconnaître la perpétuité de la propriété littéraire dans son auteur, qui en conservera la pleine et entière jouissance sa vie durant, et ses héritiers ou cessionnaires

DIX ans après sa mort [1]. A cette époque, une rémunération de CINQ pour cent sur le prix fort des éditions qu'on voudrait publier, serait perçue au profit des héritiers de l'auteur ou de ses cessionnaires et versé à la Caisse des consignations.

Ainsi tout écrit nouveau tombé promptement dans le domaine public se trouverait affranchi de toute entrave autre que celle de la redevance qui constituerait à perpétuité le droit de la propriété.

Pour coordonner dans un code unique la législation de la propriété littéraire, conformément aux intentions de Sa Majesté, il est beaucoup de questions de détail qui devront être prévues, discutées et résolues postérieurement.

[1] La difficulté d'établir une distinction entre le terme de cinq années et celui de quinze années afférent à tel ou tel ouvrage, pourrait être tranchée en fixant à dix ans après la mort de l'auteur l'admission dans le domaine public de tout ouvrage grevé de redevance.

Ce terme de dix années est celui que la loi actuelle a fixé pour l'expiration du droit des auteurs qui n'ont pas laissé d'héritiers directs.